AF603073

9 Mai 1881.

CATALOGUE

DES

PORCELAINES ANCIENNES

DE LA CHINE

Appartenant à **M. SHANCOU**

Mᵉ QUEVREMONT, Commissaire-Priseur

Rue Richer, nº 46

M. GANDOUIN, Expert des Domaines nationaux

Rue Le Peletier, nº 42

PARIS — 1881

Vve RENOU, MAULDE et COCK
IMPRIMEURS DE LA COMPAGNIE DES COMMISSAIRES-PRISEURS
Rue de Rivoli, 144

CATALOGUE

D'une Collection

DE 800 PIÈCES

ANCIENNES PORCELAINES

DE LA CHINE

Arrivant de l'Étranger

ET APPARTENANT A M. SHANCOU

Vases, Potiches, Rouleaux, Animaux
statuettes, Pièces en céladon, bleu turquoise, emeraude
Et quantité d'autres

DONT LA VENTE AURA LIEU

HOTEL DROUOT, SALLE N° 3

Les Lundi 9 et Mardi 10 Mai 1881

A DEUX HEURES TRÈS PRÉCISES

Par le ministère de **Me QUÉVREMONT**, Commissaire-Priseur,
rue Richer, 46,

Assisté de **M. GANDOLIN**, Expert des Domaines nationaux,
rue Le Peletier, 42.

EXPOSITION PUBLIQUE

Le Dimanche 8 Mai 1881, de une heure à cinq heures.

PARIS — 1881

CONDITIONS DE LA VENTE

Elle aura lieu au comptant.

Les Adjudicataires paieront CINQ POUR CENT, en sus des enchères, applicables aux frais.

DÉSIGNATION

1 — Plateau, décor en relief de dragons, terre de bocaro.

2 — Vase rouleau polychrome (Réception chez un mandarin).

3 — Vase rouleau; décor polychrome à personnages.

4 — Vase rouleau, fond bleu, fleurs et personnages en polychrome.

5 — Cantine à trois compartiments; décor rouge.

6 — Vase rouleau; décor polychrome, nombreux personnages.

7 — Vase polychrome, personnages. Fêlé.

8 — Grande et belle Gourde, fond vert et réserves de personnages polychromes.

9 — Vase (Dragon rouge et bleu dans les nuages).

10 — Potiche polychrome: décor femme et enfants.

11 — Vase-Bouteille. Personnages et charmeur.

12 — Potiche polychrome (Marche triomphale).

13 — Potiche; décor polychrome (Cavaliers).

14 — Deux Assiettes polychrome, fond vert.

15 — Vase rouleau polychrome (Personnages combattant). Fêlé.

16 — Vase rouleau: décor polychrome (Enfants jouant).

17 — Vase; rouleau polychrome; décor de personnages.

18 — Vase: décor polychrome (Fleurs et Oiseaux).

19 — Potiche polychrome: décor (Chevaux et Chimères).

20 — Potiche: décor polychrome (Enfants jouant).

21 — Potiche: décor polychrome, nombreux personnages et enfants.

22 — Potiche: décor polychrome (Paysage).

23 — Potiche polychrome, chevaux et chimères sur nuages rouges.

24 — Potiche; décor polychrome (Chimères et Chevaux).

25-26 — Paire de Vases fond rose, à réserves, ornés de dragons. Très curieux.

27 — Potiche polychrome, chimères sur champ de fleurs.

28 — Six Soucoupes polychromes: décor de jardinières.

29 — Potiche polychrome; décor de fleurs et oiseaux chimériques.

30 — Quatre Bols; décor polychrome.

31 — Potiche polychrome (Fleurs et Chimères).

32 — Deux petits Bols; décor bleu et polychrome.

33 — Potiche: décor polychrome sur fond vert (Fleurs et Oiseaux).

34 — Potiche fond vert: décor fleurs et oiseaux.

35 — Potiche: décor fleurs et oiseaux sur fond vert polychrome.

36 — Potiche polychrome, fond vert, fleurs et oiseaux.

37 — Potiche fond vert: décor polychrome.

38-39 — Potiches fond vert : décor polychrome (Fleurs et Oiseaux).

40 — Potiche fond vert: décor analogue.

41-42 — Deux Potiches : décor fond vert (Fleurs polychromes).

43 — Paire de Vases rouleaux : décor bleu (Paysages).

44 *bis* — Potiche polychrome : décor de fleurs et oiseaux.

45 — Potiche polychrome, roches et fleurs.

46 — Potiche polychrome : décor fleurs dans des réserves.

47 — Potiche : décor polychrome (Fleurs).

48 — Potiche polychrome (Marche triomphale).

48 *bis* — Potiche : décor polychrome (Fleurs et Chimères).

49 — Potiche polychrome : décor fleurs et enfants jouant de divers instruments.

50 — Potiche polychrome (Fleurs et Chimères).

51 — Potiche polychrome (Fleurs et Oiseaux).

52 — Potiche polychrome (Personnages).

53 — Potiche polychrome ; décor (Fleurs sur réserves).

54 — Potiche polychrome à réserves fleurs.

55 — Potiche polychrome (Chimères sur un champ de fleurs).

56 — Potiche polychrome (Mandarin donnant audience).

57 — Potiche à réserves polychrome (Fleurs).

58 — Potiche polychrome (Fleurs et Chimères).

59 — Potiche polychrome (Fleurs).

60 — Potiche polychrome (Fleurs et Oiseaux).

61 — Grande Potiche ; décor polychrome (Chimères et fleurs).

62 — Potiche : décor polychrome (Chimères et Chevaux dans des nuages).

63 — Potiche polychrome à personnages. Fêlures.

64 — Potiche polychrome ; décor Triomphe d'un mandarin.

65 — Potiche polychrome ; décor de vignes.

66 — Potiche ; décor polychrome (Poissons).

67 — Potiche polychrome (Marche triomphale).

68 — Potiche polychrome (Marche triomphale).

69-70 — Deux petites Boites à thé, émail gros bleu flambé.

71 — Potiche émail bleu ; décor or (Tronquée).

72 — Potiche émail bleu, décoré or.

73 — Vase émail bleu ; décor or.

74 — Potiche ; décor bleu, nombreux personnages.

74 *bis* — Potiche, couverte émail, gros bleu.

75 — Deux Plateaux ; décor polychrome.

76 — Un autre Plateau.

77 — Potiche ; décor bleu, personnages.

80 — Potiche ; décor bleu (Fleurs.)

81 — Potiche ronde; décor bleu arabesques.

82 — Potiche hexagone (Paysage bleu).

83 — Potiche, paysage en bleu.

84 — Potiche, décor polychrome (Fleurs et Chimères).

85 — Potiche; décor rochers et fleurs.

86 — Poriche; décor bleu (Oiseaux et Nuages).

87 — Potiche; décor bleu (Chimère).

88 — Potiche, décor bleu (Chimères et Rochers).

89 — Potiche en vieux Chine; décor bleu (Paysage et Chimère)

90 — Potiche; décor bleu (Chimère).

91 — Potiche; décor bleu (Paysage).

92 — Pot à eau; décor bleu (Fleurs).

93 — Potiche bleue (Chimères).

94 — Potiche analogue au n° 84.

95 — Bouteille bleue: décor roseaux.

96 — Potiche côtelée, décor fleurs.

97 — Potiche, décor bleu à personnages.

98 — Potiche; décor bleu à personnages.

99 — Potiche; décor bleu (Chevaux au pâturage).

100 — Jardinière carrée bleue (Paysage).

101 — Jardinière bleue à personnages.

102 — Jardinière polychrome (Dragons).

103 — Jardinière; décor bleu à personnages.

103 *bis* — Jardinière; décor de personnages en bleu.

104 — Cornet polychrome (Fleurs et Grenades).

105 — Jardinière bleue à personnages.

106 — Jardinière, décor bleu (Oiseaux).

107 — Jardinière (Paysage bleu).

108 — Jardinière ronde bleue (Arabesques).

109 — Potiche bleue à personnages.

110 — Grand Vase; décor bleu à personnages.

111 — Bouteille couverte (Capucine).

112 — Grand Cornet; décor bleu (Chimères).

113 — Personnage à genoux; décor polychrome.

114 — Trois Bols; décor polychrome et transparent.

115 — Vase rouleau à panse; décor bleu, fleurs. Fêlé.

116 — Cornet; décor bleu.

117 — Vase balustre; décor bleu à personnages.

118 — Vase balustre; décor bleu (Fleurs et Chimères).

119 — Vase; décor paysage bleu.

120 — Deux Pièces de pagode en blanc.

121 — Vase; décor bleu à réserves, orné d'objets mobiliers.

122 — Vase balustre; décor bleu (Fleurs).

123 — Cornet bleu vermicelle.

124 — Vase bleu (Paysage).

125 — Vase; décor bleu, objets mobiliers.

126 — Cornet bleu à personnages.

127 — Vase bleu (Fleurs).

128 — Vase; décor bleu (Paysage).

129 — Bouteille; décor bleu à personnages.

129 *bis* — Plat (Paysage bleu).

130 — Vase; décor bleu (Paysage).

131 — Cornet; décor bleu (Chimères).

132 — Vase rouleau; décor bleu (Mandarin communiquant un décret).

133 — Vase-Cornet carré; décor bleu.

134 — Petite Bouteille; décor bleu.

134 *bis* — Vase bleu (Fleurs).

135 — Vase-Bouteille; décor bleu (Fleurs).

136 — Potiche; décor bleu (Fleurs).

137 — Vase double panse, forme gourde; décor feuillages bleus.

138 — Vase; décor bleu (Paysage).

139 — Vase; décor bleu (Paysage).

140 — Bouteille; décor dragon dans les nuages, bleu.

141 — Potiche polychrome; décor Oiseaux.

142 — Vase, couverte capucine; brun.

143 — Vase balustre; décor bleu.

144 — Cornet à panse renflée; décor bleu (Paysage).

145 — Vase-Bouteille; décor bleu (Fleurs).

146 — Cornet fleurs bleues.

147 — Cornet bleu (Paysage).

148 — Potiche; décor bleu (Cerf).

148 *bis* — Vase balustre plat; décor bleu objets mobiliers.

149 — Petit Vase polychrome à personnages.

150 — Potiche bleue; décor feuillages.

151 — Vase; décor bleu (Paysage).

152 — Rouleau bleu (Fleurs et Oiseaux).

153 — Cornet; décor bleau (Fleurs au trait).

154 — Vase-Bouteille; décor bleu, dragon et nuages.

155 — Cornet à partie renflée; décor bleu (Paysage et Oiseaux).

156 — Potiche; décor bleu (Arabesques).

157 — Vase balustre, à ceintures noires et bleues.

158 — Vase; décor vermicelle bleu.

159 — Petit Cornet; décor polychrome sur fond vert (Fleurs et Oiseaux).

160 — Vase balustre; décor bleu (Fleurs).

161 — Potiche; décor bleu (Chimère).

162 — Vase-Bouteille; décor bleu (Fleurs).

163 — Décor bleu; réserves ornées d'objets mobiliers. Fêlé.

164 — Vase: décor bleu (Personnages).

165 — Potiche; décor bleu (Nombreux enfants).

166 — Vase; décor bleu (Chimères et Dragons sacrés).

167 — Joli Vase à anses; décor (Fleurs en bleu).

168 — Potiche: décor bleu (Fleurs).

169 — Belle Gourde: décor bleu (Fleurs).

170 — Vase à fleurs: décor bleu (Personnages).

171 — Vase-Bouteille; décor bleu (Chevaux et Paysage).

172 — Vase de forme très-originale; décor bleu (Objets mobiliers).

173 — Potiche; décor bleu.

174 — Potiche: décor bleu (Fleurs).

175 — Vase; décor bleu (Rochers).

176 — Potiche bleue (Fleurs).

177 — Potiche bleue (Personnages).

178 — Petite Potiche; décor polychrome (Personnages).

179 — Petit Vase; décor (Personnages polychromes).

180 — Bol octogone (Paysage).

180 *bis* — Petit Vase; décor bleu (Personnages).

181 — Potiche polychrome (Fleurs et Chimères).

182 — Petite Bouteille: décor bleu.

183 — Jardinière polychrome.

184 — Vase-Cache-Pot : décor bleu et inscriptions.

185 — Potiche polychrome à réserves (Chimères).

186 — Petite Potiche polychrome (Enfants).

187 — Vase-Potiche, fond vert (Fleurs et Oiseaux).

188 — Petite Potiche ; décor bleu.

189 — Petit Vase ; décor bleu.

190 — Petit Vase : décor de grenade bleu et rouge.

191 — Petit Vase : décor bleu.

191 *bis* — Potiche polychrome (Vautours et Fleurs).

192 — Potiche bleue : décor fleurs.

193 — Vase : décor bleu (Personnages).

194 — Vase rouleau, vermicelle bleu.

195 — Vase bleu : arabesques au trait.

196 — Vase-Bouteille à anses : décor bleu (Fleurs).

197 — Vase-Balustre : décor bleu (Chauves-Souris).

198 — Bouteille : décor bleu (Paysage).

199 — Vase : décor bleu.

200 — Potiche : décor bleu (Personnages).

201 — Jardinière droite : décor bleu (Paysage).

201 *bis* — Vase-Cornet, fond céladon : chevaux et paysage blanc et bleu.

202 — Vasque : décor fleurs bleues.

203 — Gourde céladon, décorée de fleurs.

204 — Petite Potiche à réserves de personnages bleus.

205 — Potiche polychrome: décor personnages en visite.

206 — Jardinière ; décor bleu (arabesques au trait).

207 — Beau Vase ; décor de nombreuses chimères.

208-209 — Paire de grands Vases rouleaux : décor polychrome (Personnage et Fleurs).

210 — Vase-Bouteille (Personnages assis).

211 — Cornet (Personnages).

212 — Vase ; décor Paysage au trait.

213 — Cornet à partie renflée ; décor paysages.

214 — Vase balustre ; décor au trait (Personnages).

215 — Vases balustre ; décor bleu (Personnages sur des réserves).

216-217 — Paire de Vases rouleaux ; décor de fleurs polychromes sur fond vert.

218 — Vase rouleau ; décor bleu (Paysage).

219 — Cornet ; décor bleu (Arbuste et Fleurs).

220 — Grand Cornet ; décor bleu (Fleurs).

221 — Vase vieux blanc de Chine, orné de deux masques chimériques.

222 — Vase vieux blanc de chine, craquelé.

223 — Vase balustre en céladon bleu cendré.

224 — Vase céladon bleu cendré ; décor paysage avec biche et oiseaux.

225 — Vase émail bleu ; décor or (tronqué).

226 — Cornet ; décor bleu (Chimères).

227 — Vase céladon gris bleu, inscriptions et arbres.

228 — Vase ; décor arbuste à nèfles.

229 — Cornet polychrome.

230 — Beau Vase balustre en émail céladon vert.

231 — Grande Bouteille à fleurs bleues.

232 — Vase à décor de personnages en bleu.

233 — Grand Vase balustre carré ; décor bleu (Fleurs).

234 — Vase-Bouteille à fleurs ; décor bleu, poissons et plantes marines.

235 — Potiche hexagone ; décor bleu (Paysage).

236 — Potiche ; décor bleu, nuages et chauves-souris.

237 — Potiche ; décor bleu (Marche triomphale).

238 — Beau Vase à ceintures de différentes couleurs, orné d'arabesques ; coupé au col.

239 — Bouteille en émail flambé, fouetté et craquelé.

240-241 — Deux petites Potiches céladon craquelé.

242 — Jardinière ; décor polychrome (Chimères et Fleurs).

243 — Vase balustre en émail flambé, couverte haricot rouge.

243 *bis* — Potiche à personnages bleu.

244 — Vase céladon bleu cendré (Paysage et Oiseaux).

245 — Vase en émail flambé.

246 — Cornet ; décor paysage bleu.

247 — Cornet ; décor bleu, à personnages.

248 — Cornet à personnages bleu.

249 — Cornet ; décor bleu (Chimère).

250 — Vase bleu, dragon dans des nuages.

251 — Cornet ; décor vermicelle bleu.

252 — Cornet bleu, vases de jardin.

253 — Cornet (Paysage bleu).

254 — Vase balustre ; décor bleu à personnages.

255 — Vase balustre ; décor bleu (Paysage).

256 — Vase balustre ; décor bleu et oiseaux chimériques.

257 — Vase ; décor bleu.

258 — Cornet à partie renflée ; décor bleu à personnages.

259 — Potiche polychrome (Charmeurs).

260 — Potiche polychrome (Fleurs).

261 — Potiche polychrome (Jeux d'enfants).

262 — Vase rouleau bleu (Chimères).

263 — Petit Vase, fond vert.

264 — Vase fond vert ; décor polychrome (Fleurs et Oiseaux).

265 — Joli Vase fond vert ; décor très fin polychrome.

266 — Vase polychrome, à personnages dansant.

267 — Cornet ; décor polychrome sur fond vert (Fleurs et Oiseaux).

268 — Vase fond vert (Fleurs et Oiseaux polychromes).

269 — Potiche ; décor bleu (Fleurs et Oiseaux).

270 — Potiche ; même décor.

271 — Vase ; décor bleu (Oiseaux et Arbre).

272 — Vase fond vert (Fleurs et Oiseaux polychromes).

273 — Vase polychrome, à gros personnages.

274 — Vase ; décor arabesques fond bleu.

275 — Vase bleu, à personnages.

276 — Vase rouleau ; décor camaïeu noir (Paysage).

277 — Vase ; décor polychrome, fleurs sur fond vert.

278 — Vase rouleau polychrome ; décor meubles.

279 — Vase polychrome ; décor à personnages.

280 — Cornet polychrome.

281 — Vase rouleau ; décor polychrome (Arbustes et Oiseaux).

282 — Vase rouleau ; décor polychrome (Femmes).

283 — Vase fond vert d'eau (Personnages).

284 — Belle Bouteille : décor bleu.

285 — Vase rouleau tronqué polychrome (Guerriers quittant une ville).

286 — Vase rouleau (Cavaliers à la porte d'une ville) ; décor polychrome.

287 — Vase tronqué ; décor polychrome à personnages et charmeur.

288 — Potiche ; décor bleu (Paysage).

289 — Potiche ; décor polychrome (Paysage et Chimère).

290 — Vase polychrome : décor de grenades.

291 — Deux Tasses ; décor polychrome et transparent.

292 — Petite Potiche polychrome (Chimères).

293 — Potiche : décor polychrome (Chimères).

294 — Quatre Soucoupes ; décor polychrome et transparent.

295 — Potiche polychrome ; décor à personnages.

296 — Potiche-Jardinière ; décor bleu à personnages.

297 — Potiche polychrome à réserves (Fleurs).

298 — Vase, forme bouteille, céladon gris craquelé.

299 — Trois Soucoupes ; décor polychrome et transparent.

300 — Potiche cassée.

301 — Vase, émail bleu, balustre carré.

301 *bis* — Vase : décor polychrome sur fond vert.

302 — Potiches polychromes (Dragons et Oiseaux).

303 — Potiche polychrome (Fleurs et Oiseaux).

304 — Vase balustre carré, polychrome (Personnages).

305 — Potiche polychrome (Personnages).

306 — Potiche fond citron, réserves avec chevaux.

307 — Potiche polychrome (Enfants).

308 — Potiche polychrome; décor de fleurs.

309 — Jardinière en bocaro (Fracturée).

310 — Potiche polychrome (Fleurs et Oiseaux).

311 — Potiche polychrome (Marche triomphale).

312 — Potiche polychrome (Triomphe d'un mandarin).

313 — Potiche polychrome; décor d'enfants.

314 — Potiches à personnages et chimères.

314 *bis* — Jardinière polychrome (Fleurs).

315 — Potiche polychrome (Marche triomphale).

316 — Jardinière polychrome (Dragons).

317 — Jardinière; décor polychrome, à double sujets de personnages).

318 — Potiche aplatie, fond jaune; décor polychrome.

319 — Potiche polychrome (Fleurs).

320 — Potiche réserve fleurs polychromes.

321 — Potiche polychrome (Personnages).

322 — Potiche polychrome (Fleurs).

323 — Potiche polychrome; décor de personnages.

324 — Potiche polychrome (Mandarin et sa suite).

325 — Potiche ronde polychrome (Personnages).

326 — Deux Soucoupes ; décor polychrome et doré.

327 — Petit Vase ; décor bleu (Grenades).

328 — Potiches ; décor bleu, (Arabesques).

329 — Potiche ; décor bleu (Personnages).

330 — Vasque ronde ; décor bleu (Objets mobiliers).

331 — Jardinière polychrome (Fleurs).

332 — Grand Vase ; émail bleu.

333 — Belle Bouteille céladon gros bleu.

334 — Vase émail bleu fouetté, décor or.

335 — Vase balustre émail, couverte bleu.

336 — Vase balustre hexagone, émail bleu; décor or.

337 — Bouteille émail flambé de Kischu (Cuisson curieuse).

338 — Bouteille bleu turquoise, entourée d'un dragon.

339 — Vase émail bleu turquoise. Fêlé.

340 — Bouteille émail bleu flambé.

341 — Vase balustre, émail bleu turquoise.

342 — Belle Bouteille émail haricot rouge flambé.

342 *bis* — Petite Coupe, famille verte.

343 — Deux Soucoupes; décor polychrome et translucide.

344 — Bouteille, couverte brun capucine.

345 — Deux Soucoupes, mêmes que le n° 343.

346 — Deux autres Soucoupes.

347 — Vase balustre, plat émail flambé.

348 — Vase à émail vert.

349 — Vase céladon.

350 — Une Assiette; décor très riche.

351 — Potiche bleue, col tronqué.

352 — Potiche ronde, vert émeraude foncé.

353 — Vase émail bleu flambé.

354 — Bouteille bleue émeraude.

355 — Bouteille, couverte bleu cendré.

356 — Vase émail bleu ; décor or (Personnages).

357 — Vase émail bleu ; décor or.

358 — Vase à bec, forme cylindre, émail gros bleu. Fêlé.

359 — Belle Assiette.

360 — Vase émail bleu ; décor or (objets mobiliers).

361 — Assiette analogue au n° 359.

362 — Assiette ; décor de pavillons.

363 — Petite Coupe : décor polychrome.

363 *bis* — Petite Tasse capucine à réserves.

364 — Petite Coupe : décor polychrome.

365 — Jardinière céladon bleu turquoise.

366-367 — Deux Jardinières : décor polychrome (Papillons).

368 — Assiette analogue au n° 362.

369 — Tasse festonnée, fond bleu; décor de marguerites.

370 — Assiette analogue au n° 358.

371 — Assiette; décor polychrome.

372 — Petit Coquillage.

373 — Boîte carrée polychrome (Personnages).

374 — Assiette, pareille au n° 371.

375 — Petit Bol (Paysage).

376 — Assiette pareille au n° 374.

377 — Autre Assiette, identique.

378 — Une autre Assiette.

379 — Vase rouleau polychrome (Personnages).

380 — Vase rouleau polychrome (Personnages).

381 — Vase à caissons bleus, orné de pendeloques.

382 — Vase long carré polychrome, à personnages.

383 — Potiche polychrome à dragons.

384 — Vase balustre large, aplati, orné de sujets en creux (Maisons et Personnages); décor polychrome.

385 — Vase: décor bleu et rouge (Paysage).

386 — Bouteille en blanc, dragon sous couverte.

387 — Deux Soucoupes polychromes.

388 — Vase à panse réticulée, orné de fleurs, renfermant un cornet, décoré à l'intérieur du premier vase; décor polychrome sur fond vert. Très curieux.

389 — Deux Soucoupes polychromes.

390 — Potiches à personnages polychromes.

391 — Potiche ronde polychrome.

392 — Petite Potiche polychrome à réserves de paysage.

393 — Deux Potiches analogues au n° 389.

394 — Jardinière polychrome, forme d'une pastèque.

394 *bis* — Écuelle, forme feuille bleue.

395 — Une Soucoupe, analogue au n° 393.

396-397 — Deux Boîtes fond vert; décor polychrome.

398 — Jardinière carrée à terrasse; décor polychrome (Fleurs).

399 — Chimère en blanc.

400 — Vase polychrome (Fleurs).

401 — Bouteille tronquée, fond céladon, grenades brun rouge.

402 — Potiche polychrome arabesques.

403 — Potiche; décor polychrome.

404 — Cornet: décor polychrome.

405 — Bouteille polychrome (Fleurs).

406 — Petite Bouteille céladon craquelé.

407 — Joli Vase polychrome (Femmes et Enfant).

408 — Cornet polychrome (Fleurs et Oiseaux).

409 — Vase ; décor de personnages polychromes.

410 — Vase ; décor grenade.

411 — Vase ; décor bleu (Paysage).

412-413 — Paire de jolis Vases ; décor polychrome arabesques.

414 — Vase fond craquelé ; décor polychrome.

415 — Vase craquelé, personnages polychromes.

415 *bis* — Vase ; décor polychrome (Chimères).

416 — Deux Soucoupes polychromes (Fleurs).

417 — Une Soucoupe ; décor polychrome.

418 — Petit Vase fond rose (Fleurs et Oiseaux).

419 — Deux Soucoupes.

420 — Vase fond vert ; décor polychrome (Fleurs).

421 — Deux Soucoupes.

422 — Deux autres Soucoupes.

423 — Bouteilles à fleurs, en blanc sur fond bleu.

424 — Vase polychrome (Fleurs et Chimères).

425 — Vase polychrome, fleurs et chimères.

426 — Vase polychrome à personnages.

427 — Cornet fond vert, fleurs polychromes.

427 *bis* — Vase polychrome à personnages.

428 — Deux Soucoupes polychrome.

429 — Potiche polychrome (Chimères et Fleurs).

430 — Petite Potiche polychrome.

431 — Deux Soucoupes de dragons.

432 — Petit Vase; décor bleu.

433 — Vase; décor bleu.

434 — Petit Vase polychrome (Femme).

435 — Petit Vase polychrome (Fleurs).

436 — Petit Balustre carré polychrome (Fleurs).

437 — Petit Vase; décor bleu.

438 — Deux Soucoupes; décor dragon rouge.

439 — Petit Vase polychrome (Fleurs).

440 — Théière fond gros bleu; décor or.

441 — Cornet hexagone; décor polychrome (Paysage).

442 — Petit Vase hexagone polychrome.

443 — Petit Cornet; décor bleu (Personnages).

444 — Petit Cornet; décor bleu (Paysage).

445 — Cantine à quatre compartiments; décor polychrome.

446 — Deux Soucoupes; décor poissons.

447 — Cornet hexagone, paysage et inscription polychrome.

448 — Cornet hexagone, paysage et inscriptions alternées.

449 — Petit Cornet, paysage polychrome.

450 — Deux Soucoupes polychromes.

451 — Tasse-Gobelet polychrome (Fleurs).

452 — Petit Vase carré polychrome (Personnages).

452 *bis* — Petit Cornet, décor (un Charmeur).

453 — Petit Rouleau polychrome (Paysage).

454 — Petit Cornet polychrome; décor de personnages.

455 — Cornet; décor polychrome à réserves (Paysage et Fleurs).

456 — Petit Vase polychrome (Cavaliers).

457 — Tasse côtelée avec émail vert.

458 — Une Soucoupe; décor polychrome.

459 — Petite Bouteille; décor polychrome avec gravure sous émail.

460 — Plateau; décor polychrome.

461 — Petit Vase, fleurs polychromes.

462 — Petit Vase; décor bleu.

463 — Petit Vase; décor bleu.

464 — Deux Soucoupes; décor bleu.

465 — Petit Vase balustre, vieux blanc.

466 — Petit Vase gourde blanc.

467 — Groupe de deux personnages assis, polychromes.

468 — Groupe de deux personnages, polychromes.

469 — Deux Bols; décor polychrome.

470 — Une Soucoupe.

471 — Petit Vase: décor noir (Personnage).

472 — Vase émail bleu flambé.

473 — Petit Vase émail flambé, rouge et bleu.

474 — Deux Perroquets.

475 — Petit Plateau.

476 — Petit Vase polychrome (Personnages).

477-478 — Paire de Chimères accroupies, bleu et vert.

479 — Petit Vase fond vert d'eau, fleurs polychromes.

480 — Deux Soucoupes.

481 — Petit Vase polychrome (Personnages).

482 — Petite Bouteille, fleurs polychromes.

483 — Petit Vase, personnages polychromes.

484 — Petit Vase, vieux blanc.

485 — Tasse émail flambé, fleurs en relief.

486 — Petit Pi-tong émail jaune (Paysage en relief).

487 — Petite Potiche ; décor à personnages polychromes.

487 *bis* — Vase polychrome (Personnages).

488 — Petite Bouteille bleu turquoise.

488 *bis* — Bouteille polychrome (Fleurs).

489 — Deux Soucoupes.

490 — Deux autres Soucoupes.

491 — Petite Potiche polychrome (Fleurs et Caractères).

491 *bis* — Petit Vase blanc.

492 — Petit Vase émail bleu turquoise.

493 — Deux autres Vases analogues au n° 490.

494-495 — Deux petites Potiches à thé : décor bleu.

496 — Petit Vase bleu, Objets mobiliers.

497 — Bouteille ; décor bleu, bel émail.

498 — Petite Potiche fond vert (Fleurs polychromes).

499-500 — Deux Bonbonnières polychromes.

501 — Vase polychrome (Personnages combattant).

502 — Vases, fleurs polychromes.

503 — Cornet fond vert, fleurs polychromes.

504 — Petit Vase balustre plat, émail bleu.

505 — Petite Bouteille.

506 — Vase couverte bleue, fleurs blanches. Fêlé.

507 — Vase bleu (Objets mobiliers).

508 — Petit Vase polychrome (Personnage sur un cerf).

509 — Vase; décor personnages bleus.

510-511 — Paire de petits Cornets carrés à panse carrée; décor d'arabesques.

512 — Petit Vase (Fleurs).

513 — Vase cornet en émail bleu.

514 — Petit Vase; décor bleu (Personnages).

515 — Deux petites Chimères blanches.

516 — Deux Théières, forme de fruits et à surprises.

517 — Petit Vase; décor bleu (Personnage).

518 — Vase; décor bleu.

519 — Petit Vase bleu (Personnages).

520 — Vase polychrome (Fleurs et Grenades).

521-522 — Deux Bouteilles carrées à thé, émail vert flambé.

523 — Socle en porcelaine réticulée; décor polychrome.

524 — Vase, paysage bleu.

525 — Plat; décor bleu.

524 — Plat creux bleu (Paysage).

527 — Vase polychrome (Personnages).

528 — Grand Vase en émail bleu.

529 — Petite Bouteille polychrome (Cavaliers).

530 — Vase fond jaune, fleur polychrome.

531-532 — Deux Melons.

533 — Vase bouteille polychrome (Dragon)

534 — Vase polychromes.

535 — Vase émail émeraude.

536 — Assiette en céladon craquelé.

537 — Encrier; décor polychrome.

538 — Une Assiette très riche; décor polychrome.

539 — Une Assiette; décor fleurs polychromes.

540 — Assiette; décor polychrome. Fêlée.

541 — Deux Soucoupes, arabesques polychromes.

542 — Deux Soucoupes.

543 — Deux Soucoupes polychromes.

544 — Deux petites Soucoupes; décor bleu.

545 — Deux Soucoupes; décor bleu.

546 — Deux Soucoupes polychromes, à poissons.

547 — Deux Soucoupes (Fleurs).

548 — Cinq Soucoupes; décor polychrome (Fleurs).

549 — Six Soucoupes; décor polychrome.

550 — Deux Assiettes creuses polychromes (Fleurs).

551 — Cornet à panse renflée bleu (Personnages).

552 — Cornet polychrome (Personnages).

553 — Deux Soucoupes polychromes.

554 — Assiette; décor bleu.

555 — Deux Soucoupes, dragon rouge.

556 — Trois Soucoupes; décor extérieur.

557 — Soucoupe bleu turquoise.

558 — Deux Assiettes soucoupes polychromes.

559 — Deux Soucoupes polychromes (Fleurs).

560 — Vase décoré de ceintures ornemanées en bleu sur fond rouge.

561 — Deux Soucoupes polychromes.

562 — Assiette; décor bleu.

563 — Quatre Soucoupes (Fleurs et Oiseaux).

564 — Plat; décor polychrome (Fleurs).

565 — Vase rouleau, personnages polychromes.

566 — Assiette en émail bleu; décor or.

567 — Plat creux côtelé extérieurement.

568 — Assiette; décor bleu.

569 — Petite Potiche polychrome.

570 — Vase; décor polychrome.

571 — Potiche polychrome.

572 — Vasque polychrome (Personnages).

573 — Assiette polychrome; riche décor.

574 — Plat bleu (Fleurs).

575 — Plat bleu (Dragons dans des nuages).

576 — Plat bleu (Dragons dans des nuages).

577 — Plat bleu (Dragons dans des nuages).

578 — Plat creux fond vert, arabesques polychromes.

579 — Plat famille rose (Fleurs).

580 — Plat très curieux, polychrome (Personnages sur un radeau).

581 — Assiette en porcelaine de l'Inde.

582 — Cuvette, fond rouge; décor de fleurs polychromes.

583 — Plat; décor bleu (Paysage).

584 — Plat; décor bleu (Personnages).

585 — Plat; décor bleu.

586 — Plat polychrome (Personnages combattant).

587 — Plat, famille verte.

588 — Assiette, fleurs polychromes.

589 — Assiette polychrome (Fleurs).

590 — Assiette plus grande.

591 — Autre Assiette.

592 — Plat creux; décor polychrome (Fleurs et Grenades).

593 — Vase rouge et bleu (Grenades).

594 — Grand Vase; décor paysage bleu.

595 — Grand Vase polychrome (Personnages).

596 — Grands Vases; décor d'arabesques).

597 — Grands Vases bleu (Grenades et Oiseaux).

598 — Cornet; décor vermicelle bleu.

599 — Cornet aplati en céladon.

600 — Vase-Cornet fleurs bleues.

601 — Vase (Paysage et Gazelles bleu).

602 — Vase couverte turquoise foncée.

603 — Bouteille à col évasé en émail flambé et fouetté rouge.

604 — Bouteille; décor de fleurs bleues.

605 — Trois Bols; décor polychrome (Oiseaux).

606 — Vase polychrome (Personnages).

607 — Petit Support hexagone bleu turquoise.

608 — Potiche polychrome.

609 — Bouteille bleu turquoise. Fêlée au col.

610 — Potiche polychrome (Animaux chimériques).

611 — Vase bleu turquoise foncé.

612 — Bouteille couverte gros bleu.

613 — Potiche polychrome (Personnages).

614 — Petit Vase; décor polychrome.

615-616 — Deux Tabourets polychromes (Fleurs).

617 — Potiche, fond jaune, à réserves fond bleu.

618 — Potiche polychrome (Fleurs).

619 — Potiche polychrome (nombreux personnages).

620 — Petit Cornet polychrome, à réserves (Fleurs).

621 — Petit Cornet : décor polychrome (Fleurs).

621 — Petit Cornet: décor polychrome (Fleurs).

622 — Trois Flambeaux (Personnages accroupis); décor polychrome.

623 — Vase en émail flambé et fouetté rouge.

623 — Bouteille entourée d'un dragon céladon gris bleu cendré.

625 — Vase losange en émail bleu fouetté.

626 — Cornet: décor bleu.

627 — Deux Bols polychromes (Fleurs).

628 — Bouteille turquoise, col coupé.

629 — Vase bleu (Grenades).

630 — Assiette creuse en porcelaine de l'Inde.

631 — Vase balustre carré, fond jaune

632 — Vase; décor d'arbres en bleu.

633 — Bouteille couverte en bleu turquoise.

633 — Deux Soucoupes.

635 — Potiche polychrome (Cerfs).

636 — Bouteille bleue: décor vases de fleurs en blanc.

337 — Bouteille en céladon bleu turquoise. Fêlée au col.

638 — Grand Vase bouteille, bleu émeraude.

639 — Bouteille céladon gris, dragon entourant le col.

640 — Vase, paysage (Fleurs polychromes).

641 — Deux Soucoupes ; décor extérieur rouge.

642 — Petit Vase polychrome (Chimères et Fleurs).

643 — Petit Vase émail jaune (Fleurs gravées en polychrome).

644 — Bouteille bleu turquoise foncé.

645 — Vase émail flambé brun.

646 — Petit Vase polychrome.

647 — Une Assiette ; décor papillons et fleurs polychromes.

648 — Vase paysage sur fond rouge.

649 — Bouteille bleue (personnages).

650 — Petit Vase vert à réserves blanches ornées de fleurs.

651 — Petit Plateau émail flambé brun.

652 — Petit Vase émail gros bleu.

653 — Petit Vase émail turquoise à reliefs. Belle qualité.

654-655 — Deux Tasses fond rouge (Décor réserves en blanc).

656 — Petite Bouteille carrée émail émeraude. Fêlé.

657 — Trois Soucoupes : décor polychrome.

658 — Petit Vase émail gros bleu.

659 — Deux petits Coqs blanc de Chine.

660 — Bol polychrome, vue de ville.

661 — Deux petites Tasses : décor dragons en rouge.

662 — Jardinière : décor d'objets mobiliers, en rouge rehaussé d'or.

663 — Jardinière polychrome (Personnages).

664 — Autre Jardinière, analogue à la précédente.

665 — Autre Jardinière ; décor fleurs et or.

666 — **Trois Soucoupes polychromes (Paysage).**

667 — Bol rond, vue de ville (polychrome).

668 — Potiche polychrome (Personnages).

669 — Petite feuille bleue.

670 — Assiette ; décor papillons.

671 — Petite Jardinière émail flambé haricot rouge.

672 — **Neuf Tasses** coquille d'œuf; décor camaïeu noir.

673 — Bol à couvercle; décor polychrome, vue de ville.

674 — Grande Gourde bleue (Fleurs).

675 — Vase rond surmonté d'une anse ajourée; décor paysage bleu.

676 — Potiche ; décor paysage bleu.

677 — Vase rouge émail flambé.

678-679 — Paire de grosses Potiches bleues; décor paysage.

680-681 — Paire de Potiches; décor bleu, réserves ornées d'animaux.

Ves Renou, Maulde et Cock, imprs de la Compagnie des Commissaires-Priseurs, rue de Rivoli, 144 18090

www.ingramcontent.com/pod-product-compliance
Ingram Content Group UK Ltd.
Pitfield, Milton Keynes, MK11 3LW, UK
UKHW022005260726
13994UKWH00004B/1951